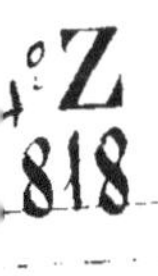

BIBLIOTHÈQUE
DE
L'AMITIÉ DE FRANCE

LES

POÈMES DE L'IRRÉEL

PAYSAGES PSYCHOLOGIQUES

PAR

Étienne ROUVRAY

SECONDE ÉDITION

Gabriel **BEAUCHESNE** *et* Cie, *éditeurs, rue de Rennes, 117, Paris*

1908

LES POÈMES DE L'IRRÉEL

LES

POÈMES DE L'IRRÉEL

PAYSAGES PSYCHOLOGIQUES

PAR

Étienne ROUVRAY

SECONDE ÉDITION

Gabriel BEAUCHESNE et Cⁱᵉ, éditeurs, rue de Rennes, 117, Paris

1908

AVERTISSEMENT

Je donne une seconde édition des *Poèmes de l'Irréel*. Depuis longtemps, ils étaient devenus introuvables et cela m'a, plus d'une fois, gêné moi-même et contrarié. Le texte est identique à celui de la première édition, je n'y ai changé qu'un mot et une lettre (Poème XIII). Toutefois j'ai ajouté l'article au titre général, mis à l'opuscule son vrai sous-titre, donné des titres à chacun des poèmes et fait une table. Je reproduis intégralement l'introduction en y ajoutant le titre de *Préface de la première édition*. Ces pages sont inspirées de la doctrine subjectiviste ; je n'y avais pas encore échappé, cependant l'œuvre montrait un subjectivisme un peu lézardé déjà. Si j'accommodais cette préface à ma pensée présente, j'aurais à remettre au point quelques expressions, quelques idées d'ordre théorique ; d'ensemble, elle est néanmoins assez raisonnable.

La première édition a paru chez l'éditeur Lemerre ; à la seconde s'ouvre la *Bibliothèque de l'Amitié de France*.

E. R.

1908.

PRÉFACE

DE LA PREMIÈRE ÉDITION

Ces petits poèmes ont été poursuivis et composés avec
ardeur en quelques jours à travers les accidents et les dérange-
ments inévitables d'une vie active. Leur idée essentielle, s'ils en
ont une, c'est qu'il y a dans l'âme humaine bien des perceptions
vagues qui ne sont point situées dans l'axe de la conscience et
dans son champ de plus grand éclairement. Cette idée, dont on
tire maintenant beaucoup de parti, est aussi vieille que la
réflexion humaine et pourrait bien remonter au delà. Platon,
pour ne parler que de lui, l'exprime avec beaucoup de netteté
et une éclatante grâce, quand il suppose qu'au-dessus de
l'atmosphère où nous respirons, il y en a peut-être une autre
aussi épurée en comparaison de celle-ci que la nôtre l'est elle-
même au regard de la mer où nagent les poissons. Ainsi nous
n'occupons qu'une région intermédiaire et, dans les deux direc-
tions, soit supérieure, soit inférieure, nous sommes limités par
des milieux qui nous sont impénétrables. Toutefois la distinction des couches superposées n'est pas si absolue qu'elle ne
permette quelques communications assez malaisées au voisinage

des surfaces. De là pour nous des pressentiments de ce qui ne peut être ni senti, ni ramené aux termes stricts de notre réalité.

Cela pouvait bien se dire et se montrer en vers et il ne me semble pas qu'il fût nécessaire de brouiller ni l'expression, ni le rythme, pour avertir de ce qu'il y a de flottant sur ces limites de la conscience. Pourvu que la poésie laissât passer elle-même, à travers sa surface sensible, quelque chose du mystère de ce qui est pour nous hors du monde réel, on pouvait exprimer avec précision, comme on le doit, qu'il y a des choses imprécises ; et je vois bien qu'il ne s'est agi que de cela pour moi. Lorsqu'il faut rendre ce trouble de la perception dans un cas particulier, c'est affaire d'attention délicate, c'est-à-dire précise encore, et c'est, pour l'artiste qui écrit, un problème d'imitation verbale auquel se sont appliqués tous les vrais poètes, depuis qu'il y en a. Nous savons de reste que pour ceux d'aujourd'hui, ces beaux exemples ne sont pas perdus.

Notre réalité, c'est une vérité devenue fort banale que c'est nous qui la faisons. Le subjectivisme philosophique n'a plus besoin de prouver que c'est nous qui colorons le monde, et si je ne crois pas que nous « fassions le monde », comme on a l'habitude de le dire par une interprétation excessive et tranchante de cette doctrine, il est certain que nous faisons pour une part essentielle sa manière de paraître, et cela est pour nous la même chose, non point que son être, mais que sa manière d'être. Dans cette couche de la réalité où nous nous mouvons, nous sommes comme cette surprenante espèce de homards qui, habitant ordinairement dans des profondeurs énormes où le jour ne pénètre pas, émettent de leurs propres yeux la lumière phosphorique dont ils s'éclairent. Le poète, encore qu'il soit obligé, pour ses images, de se servir du monde comme s'il existait objectivement, sait bien qu'il n'en est rien et que lui-même a mis partout les formes et les qualités sensibles. Dans ces conditions, et surtout dans les moments où il mêle son âme aux phénomènes et y projette ses sentiments avec

force, la distinction du subjectif et de l'objectif n'a plus de
sens ; le spectacle des choses est le phénomène même de la
conscience, et c'est pourquoi j'ai été amené naturellement à
inventer cette expression de PAYSAGES PSYCHOLOGIQUES dont j'ai
fait le titre d'une des divisions des *Cendres chaudes*, que je crois
bien, sauf erreur, avoir employée le premier et dont j'ai vu avec
plaisir qu'on s'était servi depuis. A vrai dire, ce sont encore ici
des « paysages psychologiques ». Je prie donc le lecteur bienveillant de ne pas se scandaliser si, après l'avoir averti au
commencement d'une pièce de vers, j'y donne ma pensée, mon
âme ou mon cœur comme identiques à la Nature ou à quelque
objet qui y est situé, bien que je sois disposé à soutenir d'ail-
leurs que rien dans la nature n'est naturel et qu'ainsi tout
relève de l'Esprit.

E. R.

25 mars 1893.

I

LA CHIMÈRE

Des hauts faits fabuleux hantent notre pensée.
Tasse, Arioste, ô fous ! Est-ce que nous serions
Fils des preux paladins, casqués de morions,
Qui partaient, lance au poing, la visière baissée,

Vers Antioche, Alep, Smyrne, Laodicée,
Montrant sur leurs écus heurtés de horions
Des guivres, des lions et des alérions,
Comme monsieur Saint-George et le baron Persée ?

Ils voyaient, cœurs vaillants qu'une Armide séduit,
La croix du Christ sanglant écarteler leur nuit.
Nous, rompant en visière au monde haïssable,

Amants de l'irréel et de l'insaisissable,
Notre œil intérieur contemple encore et suit
Une chimère d'or planant sur fond de sable.

II

LE DRAPEAU

Ma pensée est souvent bien au-dessus de moi.
Elle était une loque en quelque chambre obscure,
Morne, acceptant des vers la bave et la piqûre.
Mais je lui rends le jour, l'air, le frisson, l'émoi ;

Je lui rends l'horizon azuré de la foi :
Tel un visage humain qu'un coup d'œil transfigure,
Sur elle l'honneur brille et, soleil qui l'épure,
Fait miroiter la soie et resplendir l'orfroi.

Un souffle irrespiré la déploie et la plisse.
Je vois d'en bas ses jeux de lumières et d'ors,
Ébloui : le servant que courbe un humble office

Et qui rôde toujours dans de noirs corridors
Admire, dans le ciel où lui-même le hisse,
Un fier drapeau claquant au haut d'un édifice.

III

LE VERGER

Vingt fois j'ai parcouru le verger de mon âme
Et je me suis assis sous ses pommiers fleuris,
Quand le printemps versait sur moi sa fraîche flamme
Et faisait rire encor les vieux troncs rabougris.

J'ai compté les pommiers que la mousse protège,
J'ai compté les bouquets sur leurs branches tremblants
Et j'ai cru voir dans l'air passer, comme un cortège,
Sous les arbres rosis de beaux fantômes blancs.

Je sais les papillons, les abeilles, les mouches
Qui sont venus piller le miel de mon verger,
Je sais tous les oiseaux qui nichent dans les souches
Et tous les gazouillis de leur chant bocager ;

Je sais les plants d'absinthe et les touffes de rue ;
Mais, dans ce clos de l'âme où l'homme n'entre pas,
Je ne sais si je vais heurter au premier pas
Un chapiteau brisé gisant sous l'herbe drue.

IV

LE CAVEAU

Dans cet obscur caveau de ton cœur, ô poète,
Où tu scellas souvent des aromes subtils,
Voici que tu descends et, la narine en quête,
Tu vas, tâtant aux murs et disant : « Où sont-ils ?

« J'ai mis là mes trésors, la cachette était sûre.
Qui m'a volé ? Nul œil ne m'avait épié.
D'où vient cette fadeur et cette moisissure
Et ces tessons brisés qui me blessent le pied ? »

*
*
* *

Dans cet obscur caveau de ton cœur, ô poète,
Où tu serras souvent l'or et les diamants,
N'avais-tu pas, derrière une porte secrète,
Mis deux dragons, liés par des enchantements ?

Où sont donc ces gardiens, ces béryls, ces topazes,
Ces cailloux plus muants que l'aile des péris?
Seule ici l'araignée ourdit ses noires gazes,
Et tu te sens frôlé par des chauves-souris.

***

Dans cet obscur caveau de ton cœur, ô poète,
Quand l'amour en chantant promena ses flambeaux,
Ce fut une sonore, une splendide fête.
Mais écoute : ton pas sonne sur des tombeaux.

Regarde : ces clartés dont brilla ton mystère,
Qui firent de ton cœur frissonner les piliers,
Qu'en reste-t-il? Ce rien dans la nuit délétère :
Des traces de fumée aux voûtes des celliers.

V

QUELLE CHANSON ?

Non, je ne pourrais pas vous répéter cet air,
Car il ne flotte pas dans l'impalpable éther,
Jamais un pareil son n'a frappé mon oreille
Et vous ne savez pas de musique pareille.
On parle, je réponds ; l'azur luit, je le vois ;
Je vais, je viens, j'entends des bruits, des pas, des voix ;
Les rumeurs de la foule ou de la solitude
Peuplent ma rêverie ou troublent mon étude :
Pendant ce temps, mon cœur entend cette chanson
Profonde. Il entend, hors du rythme, hors du son,
Par un sens délicat qui doute et qui vacille,
Un pipeau soupirer dans un mont de Sicile.

VI

L'OISEAU DE PASSAGE

Sur le faîte de mon âme
Un bel oiseau voyageur
S'est posé, dans la rougeur
   Du couchant tout en flamme.

Il me vient du paradis ;
Il m'apporte une pensée
Que nulle main n'a tracée,
   Des mots que nul n'a dits.

« Beau messager, beau prophète !
Bel oiseau couleur de feu
Qui viens de la part de Dieu,
   Demeure sur mon faîte.

« Tu chanteras, j'écrirai :
Laisse tomber une plume
Et fais qu'un astre s'allume
   Dont je sois éclairé.

« *Mon rêve où la fleur s'étale*
Est un doux jardin d'hiver :
J'irai dans le fouillis vert
  Choisir un blanc pétale

« *Pour y fixer sous mes doigts*
La matière la plus pure
Dont jamais vélin s'azure,
  Les ondes de ta voix. »

Mais ici-bas rien n'est nôtre
De ce qui nous vient des cieux.
L'oiseau part, silencieux :
  Son chant est pour un autre.

VII

L'AIGLE

Voici qu'un aigle a pris un essor formidable
Dans ma pensée, égale à la voûte du ciel.
Il m'a crié : « Je vais chercher l'inabordable;

« Plus fier que saint Michel et que saint Gabriel,
Je vais droit jusqu'au fond de la cause première
Et je veux voir le cœur de l'être essentiel.

« Toi qui ne peux quitter l'entour de ta chaumière,
Mais dont le sens est grand, suis de l'œil mon essor. »
Il s'envole, le bec ouvert vers la lumière.

Sur son plumage gris tremblent des glacis d'or.
Je l'entends déployer sa puissante envergure
Et ramer de son aile immense : il monte encor.

Et je n'entends plus rien. Dressé comme un augure,
J'accompagne là-haut dans un aveuglement
Quelque chose d'obscur qui n'a plus de figure.

Cette chose se meut infatigablement
Et tend vers le zénith et fuit et diminue :
Mes yeux las d'homme vil larmoient amèrement.

L'aigle monte toujours ; il rencontre une nue,
Y plonge d'en bas : tel, dans la chaude saison,
Un bolide, cherchant une cible inconnue,

Jaillit rapidement du bord de l'horizon,
Fait un chemin de flamme et s'enfonce dans l'ombre,
Euxin mystérieux de cet autre Jason.

Mais l'aigle irrésistible aux coups d'aile sans nombre
Tout à coup reparaît plus haut, ayant percé
Le nuage indigné qui n'est plus qu'un décombre.

Parfois distinct encor, parfois presque eclipsé,
Effroyablement loin du monde qui s'efface,
Rien de vertigineux comme l'aigle insensé,

Comme ce point sublime au plus haut de l'espace.
Ce point s'évanouit enfin dans le soleil...
. . . .

VIII

LA FORÊT

Ou bien encor, mon cœur est comme les forêts
Dont le maître lui-même ignore les secrets.
Pour que les profondeurs s'en ouvrissent loyales,
J'ai tracé des chemins et des routes royales
Par où, dans tous les sens, des foules ont passé.
Moi, je me suis assis au revers du fossé,
Laissant les voyageurs ravager les écorces,
Couper des rameaux verts et rafraîchir leurs forces
Sous l'ombrage épandu d'un arbre bienveillant.
Quelquefois dans ce cœur j'ai vu, m'émerveillant,
J'ai vu venir de loin dans des jupes flottantes,
Au pas de leurs chevaux, des femmes éclatantes,
Et, m'élançant d'un bond au plus fort des fourrés,
Semant partout le sang de mes doigts déchirés,
J'ai cueilli des genêts jaunes, des églantines,
Des clochettes d'azur qui sonnent les matines,
Des primevères, des pervenches qui penchaient
Et des gramens, et quand les belles approchaient,
Arrêtant doucement leurs chevaux par les rênes,
J'ai tendu mes bouquets au sourire des reines.

Mais, certes, dans mon cœur il reste des halliers
Que nul n'a violés de ses yeux familiers,
Ni moi-même, et parmi les mousses et les pierres,
Certes, des fleurs par mille ont déclos leurs paupières
Et du matin au soir refermé leurs yeux morts
Sans que personne ait vu fleurir leurs frêles corps :
Nul n'en sait rien, sinon que leur âme exhalée
Peut-être à la senteur des forêts est mêlée...

IX

LA FALAISE

*Dans cette âme aux limites brèves
Qu'enveloppe l'infinité,
A part des plaines et des grèves
Où s'agite l'humanité,*

*J'ai comme une falaise étrange
Où jamais l'homme n'est venu,
Dont la base aux mers se mélange,
Dont le front sous le ciel est nu.*

*Tout semble dans un crépuscule
Où luit un fantôme de jour.
L'horizon profond qui recule
Est sans couleur et sans contour.*

*La mer mugit d'une voix basse.
Seuls des oiseaux au vol puissant
Traversent quelquefois l'espace
Et jettent des cris en passant.*

Aucun n'a reposé son aile
Aux flancs de la haute paroi :
Sa solitude est éternelle,
Les fonds au loin sont pleins d'effroi ;

Aucun navire n'y hasarde
Sa voile ou sa nageoire en fer,
Et la muraille à pic regarde
Les flots d'un océan désert.

X

LES FLOTS

Qui donc pourrait compter dans sa vaste pensée
Ces flots toujours fuyants, cette houle pressée
Qui d'un côté du ciel se cabre sans repos,
Et qui s'en va de l'autre, arrondissant son dos,
Dans un galop confus que chevauche la nue,
Sous le souffle éternel d'une bouche inconnue ?
Cherche à la prendre aux crins pour lui mettre le mors,
La cavale des mers effrénée, aux essors
Innombrables ; tiens-la par les naseaux, bridée.
Cherche à fixer l'idée et l'idée et l'idée
Qui, sans te laisser même un poil de sa toison,
Est la vague effacée au fond de l'horizon.

XI

L'OMBRE ENFUIE

Parfois, subitement passée
Devant mes yeux, sur mon front clair,
Je sens l'ombre d'une pensée
Comme d'un oiseau fendant l'air.

Vite au ciel je lève la tête.
J'ai cru même entendre le bruit
Que nous jette une aile inquiète
Qui se précipite et qui fuit.

Mais en vain mon regard rapide
Explore tous les champs du ciel :
Je ne vois que l'azur limpide,
Vide, sans tache, incorporel.

Tout a sa forme, rien n'est sombre,
Mon œil est sûr, je crois tout voir.
Une chose m'a fait de l'ombre :
Quoi donc ? je ne le puis savoir.

Dans ce monde où tout a sa cause
Et tient au corps par un lien,
Aurais-je pensé quelque chose
Qui peut-être ne serait rien ?

XII

LE FRISSON

Un frisson bref, ayant une cause ignorée,
M'a surpris : comme on voit la surface moirée
D'un lac se hérisser du plissement de l'eau,
A peine il a ridé la glace de ma peau.
Pourtant, tout s'est brouillé. Pendant une seconde,
Je n'ai plus réfléchi le spectacle du monde.
D'où venait donc ce souffle ? où s'en est-il allé ?
Il avait une voix, mais il n'a pas parlé.

XIII

LES LIS D'EAU

Sous la surface où tremble et luit ta conscience
Qui confine à la terre et qui mire les cieux,
Des lis ouvrent tout grands leurs cœurs comme des yeux.

Tu ne les verras pas, si dans l'insouciance
Tu laisses, écoutant le bruit vain des roseaux,
Flotter comme l'Esprit ton regard sur les eaux.

Mais si, plus attentif, tu te penches et plonges
Tes regards obstinés dans le lac de tes songes,
Tu verras leurs yeux purs regarder dans tes yeux.

Sois doux et recueilli comme ces lis tranquilles
Pour bien interroger leurs cœurs silencieux :
Un souffle obscurcirait les ondes immobiles.

Pour les cueillir, ces lis, n'enfonce pas ton bras
Sous le cristal brisé des frémissantes ondes :
Les lis sont loin sous l'eau, tu ne les aurais pas.

Ne va pas violer leurs retraites profondes
Pour les tirer de force au jour et sous ton œil :
Tu n'aurais dans les mains que désastre et que deuil ;

La fange couvrirait leurs feuilles affaissées.
La caresse de l'eau fait seule, en les portant,
S'épanouir leurs cœurs ainsi que des pensées.

Ce n'est qu'au fond du lac que, par l'ombre éclatant,
Leur blancheur luit dans de fragiles transparences
Et donne à notre cœur son extase et ses transes.

XIV

L'ARC-EN-CIEL

Enferme dans un vers, exprime avec la voix,
Fais briller par des sons l'arc-en-ciel que tu vois :
Je ne crois qu'aux beautés des choses qui sont dites.
Enivre tous tes sens de ce que tu médites,
Mais ne crois pas pourtant que tu vas le toucher.
L'arc-en-ciel rit et fuit quand tu veux l'approcher ;
Toi-même en es le centre. Avance, l'arc se brise :
Tu n'as plus dans les yeux qu'une poudre d'eau grise.

XV

D'OU CETTE LUEUR ?

D'autres fois, je le sais, tout dans l'âme est obscur.
L'œil se heurte à la nuit comme aux parois d'un mur.
Nous ne touchons des mains que des angles hostiles.
Notre pied glisse sur des baves de reptiles,
Nous entendons sauter et battre notre cœur.
Les objets familiers sans forme et sans couleur,
Nous n'en connaissons plus la place ni le nombre,
Et notre voix se perd dans l'ouate de l'ombre.
Un vide plein d'horreur fait trembler nos genoux
Et la nuit est en nous, la nuit est hors de nous.
Mais un peu de clarté dans plus d'ombre est plus douce.
Et soit qu'un chérubin volant d'une aile mousse
Ait en effet frôlé la chambre où nous veillons,
Soit que notre rétine ait émis des rayons,
— Car dans l'œil ténébreux le « fiat lux » habite, —
Nous avons vu passer une lueur subite,
Quelque chose de pur et d'immatériel,
Un reflet fugitif de l'aile d'Ariel.

XVI

LE RAVIN

Et dans ce cœur, fendu par la désespérance,
Si profond que l'œil ose à peine s'y pencher,
Vois l'unique témoin de l'unique souffrance,

Le hideux souvenir qu'on ne peut arracher ;
Vois sur l'abîme ouvert, sous un ciel impropice,
Toute seule, enfonçant ses pieds dans le rocher,

Une branche tordue au flanc du précipice.

XVII

DOUTE SUR LE SUBJECTIVISME

Puis ma pensée est obsédée
D'un doute que je lui soumets :
En quel lieu se trouve une idée
Que nul ne pensera jamais ?

Elle est sous la céleste voûte,
Il ne faudrait que la trouver :
Peut-être n'est-il pas de route
Par où l'on y puisse arriver...

... En quel lieu se trouve une étoile
Dont le rayon qui vibre et part,
Tant un gouffre profond la voile,
N'arrive jamais nulle part ?

Sa lumière est-elle lumière,
Si pas un œil ne l'aperçoit ?
Mais la parole la première,
Ce fut : « Que la lumière soit... »

XVIII

LE CERVEAU

Donc s'il t'était donné, sous la voûte agrandie
D'un crâne, d'accomplir la visite hardie
De ce haut labyrinthe appelé le cerveau,
Tu verrais s'enfoncer d'immenses galeries
Et, comme en ces palais qu'ébauchent les féeries,
Monter sur un étage un étage nouveau;

Errant du haut en bas dans d'innombrables salles,
Tu verrais s'agiter des foules colossales
Avec leurs passions, leurs costumes, leurs mœurs.
Et sous le feu changeant d'étranges girandoles
Tu les verrais former de longues farandoles
Portant au loin, partout, de rapides rumeurs;

Tu te hasarderais aussi sous mille voûtes
Qu'une invincible nuit défend et remplit toutes,
Et tout à coup, voici qu'au détour des piliers,
Dans une solitude où tes cheveux se dressent,
Tant l'être en est absent à jamais, apparaissent
Des torchères brûlant dans des coins d'escaliers.

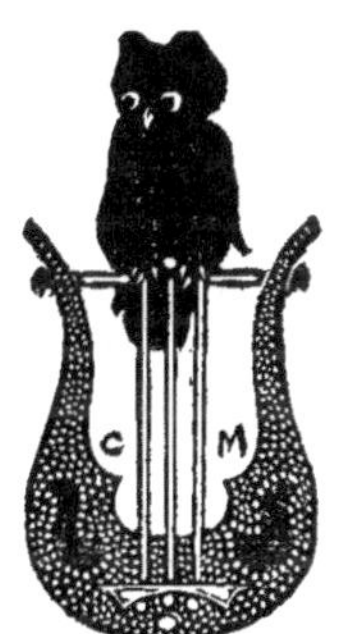

XIX

LE NID

Ainsi, rêveur subtil qui sais piper le mot,
Tout ce qui, pour voler, dans ta pensée éclôt,
Ne va pas espérer de le mettre en volière.
Tandis que tu parcours la forêt familière,
Écartant les taillis, épiant les rameaux
Où chantent leur chanson les êtres et les mots,
Aperçois-tu là-haut cette proie impossible :
Un nid qui fait plier la branche inaccessible ?
Ton poids, en l'entraînant, te casserait les reins.
Laisse en paix ce berceau, dans les grands soirs sereins,
Se balancer comme un esquif près du rivage.
Et pour avoir le nid, comme fait le sauvage,
Ne coupe pas au pied l'arbre vertigineux :
Sa redoutable chute écraserait les œufs.
Laisse les œufs tiédir et les petits éclore.
Ils partiront un jour sur leur aile sonore,
Ils pousseront des cris que tu sauras noter.
Quelques-uns comme toi sauront même chanter.

Ils te ramèneront l'air des brises lointaines
Pris dans le tourbillon de leurs ailes hautaines ;
Ils te rapporteront, ces sublimes oiseaux,
Dans leurs jabots errants, comme dans des vaisseaux,
La graine de la fleur que les mers pacifiques
Font germer sur les bords des îles magnifiques.

XX

LES CHEVAUX

Certes, ce qui prend vie et meurt sur la frontière
Où les sensations se font et se défont,
Je ne l'ai pas tout pris et vêtu de matière.

J'ai fait luire à mes doigts de l'eau d'un puits sans fond.
Je pourrais plus avant poursuivre la muance
Du presque vu, du non saisi, de la nuance.

Aux entrailles du cœur où naissent les penchants,
Des signes ambigus échappaient au flamine;
Il reste des filons négligés dans la mine.
Mais pour finir, je laisse entrevoir dans mes chants,

Loin par delà les prés, loin par delà les champs,
Sur les rebords du jour où le rêve chemine,
Où tout devient obscur quand le fond s'illumine,
Des chevaux noirs cabrés sur des soleils couchants,

TABLE

www.ingramcontent.com/pod-product-compliance
Lightning Source LLC
LaVergne TN
LVHW022358170726
843503LV00008B/3701